U0789031

周汝昌詩詞稿

周汝昌 著

中華書局

周汝昌红楼梦

周汝昌 著

中華書局

周汝昌詩詞稿目録

七一道新兄來寓食次敘別有句率和元韻 四

用陳先生寅恪人日遊工部草堂韻答道新同舫 四

用陳寅恪先生舊題吳雨僧先生紅樓夢新談韻

自題新證一書並分呈陳吳二老 四

吳雨老賜假其東報以一律 五

題表錦畫柏有關新證諸詩後 五

憲鈞詩丈爲題新證二律喜甚遍作小絶以報時

蓋甲午新正二日立春故（四首） 五

再題顧須寄書白 五

暮春之初懷汾兄寺示無題新句索和步韻（二首） 六

用韻贈同仁（七首） 六

周汝昌詩詞稿　目錄　二

紺弩見過不遇賦此 六

臨讀承吟奉吉道新北部山莊仍效原慶 六

得句次政宮小啟東上今夕補錄明日詩老便 六

行也 六

戊戌清和月大病之期寫以留鈐一笑 七

庚子夏五日懷句汝昌偉元篇一頁數兮長句 七

歲辛丑二月廿七日吳聞文史見過謂云須市府

釆詞說恭王府舊園即紅樓大觀遺址有辨爲

書紀念館之議並藏遊往一首紀遊圖題

非相引不得輒入也因綴某句用吾大史以絶

一群之事 七

周策縱詩詞稿　目録　四

丁亥中秋自述（代序）

年少風華比並難，何期伏櫪笑衰殘。平生志業歸文史，一味情腸怨恕寬。借玉通靈深有愧，爲芹辛苦豈無歡。良桐與我同焦處，珍重朱弦忍亦彈。

余年未弱冠即遭國難，淪陷於强寇鐵蹄間，作詞云：「秋氣潺琴潮，身與良桐一例焦。」詩友盛賞之。羨季顧師賜我絶句云：「抱得朱弦未忍彈，一天霜月滿欄杆。憐君獨向寒窗底，一卻注蟲魚到夜闌。」每一循頌，不知百感之何從也。

周汝昌詩詞稿

詩稿

九日賦贈 一九三六年丙子

將軍豪氣貫長虹，旋解鞍袍理勁功。萬里鄉魂飛歷落，三年征馬走倥偬。數先士卒生疑死，百戰勛勞有若空。此日家園樽酒伴，茱萸遍插幾人同。

丁丑冬十一月中答子翁李二老先生 一九三七年丁丑

十九韶光醉臥過平聲，閒安枕簟夢山河。將軍未滅當年恨，商女翻傳舊日歌。一夜激昂聽鐵馬，終天惆悵問銅駝。斯翁應有回春手，叵奈蒼蒼兩鬢皤。

再用前韻上李二先生

蓋地旌霓逐隊過，英雄殺敵渡關河。兩行香燭黎民淚，一語金鐃壯士歌。生去無妨擇駿馬，死歸何必倩明駝。爲言心血誰先瘁，大將鬚眉暗裏皤。

元宵十絶句 選四 一九四一年辛巳

龍燈

銀花火雨隕千星，騰踔中穿百節燈。那管老龍燒透甲，對廂一倍眼波明。

焰火有鑽天花，富户門前預具之，常三五架，依次不休，而龍燈必俟花盡方得前行。花既燃，高沖入雲，折落如火繖星雨，龍飛繞穿舞花中，光景奇絶。弄龍者壯夫十餘，一蛛引之前行，皆短衣藍巾裹頭。

天后駕

寶扇雕燈彩仗長，黃書紫馬御爐香。女郎爭著懿容好，不

樊籠餘滓心先淨，非凡許唾眼倍明。一自蕭君歸去後，幾

題蕭齋五月印事用蔡君謨天際烏雲詩韻二首 一九四五年乙酉

當年辛苦未，帶過閑去白鷗盟。

秋波已漫汝平。綠陰東岸仍須停，放目西崖且要亭。絕

著書兩日問農耕，雨過園林眼便生。山藥只今攀架滿，木

重此麥場寺間不覺成兮長來句 一九四四年甲申

五月初十日爲稼軒年譜撥得既逢百六十餘條據

那比春蠶一樣，干著卷治也般遍。

望美歸遊益光駝。川上蹉跎吹解佩，山阿立鬼動披蘿。臨秋

一夕涼風據臘多，擬從君子問如何。蘭香白洽增清興，想

秋風長句奉寄羨季師

尚過蕪門下，生受青衣捧硯雲。

陌多泥舊論文。鎮去千言猶未盡，別來一面只無因。俺時

今雨西風未深聞，南宿於口定平分。秋陰不散同安句，城

羨季師 一九四三年癸未

廿四日雨後朝雜象高風洛不能堪印事撥句奉寄

宵留在市東頭。

小樓薰鼓漏聲稀，畢睨餘香閑且留。搖噢丧我轉鏘鼓涕，亢

少春光漏推入。

一片年光兮露，羹九陌架香塵。芙蓉影臨流車，浅。冬

注：南，古雙髻王余旗，爭七十年，持繫已熾火既青，後來速聲直攝。鶴被苔綵，只示鼓棺竇。金相王開，大呂黃鍾，衛先民遺樂中最古者。

解金章聽鼓王。

人臨賦不關情。

風光已是紅榴末，態度全歸緑柳尖。試傍長條閒立地，橫塘潮水爲君添。

丙戌除夕雪 一九四六年丙戌

鋪稷堆柴祝歲豐，滕神喜與百神同。庭光路映燈輝燦，朔氣迎吹酒面紅。墨潤雙桃香入木，火明千竹響沉空。圍爐笑語宵寒盡，漏轉晴雲起淑風。

苦住 一九四七年丁亥

繡幙雕甍那代宫，明湖只與畫來同。圖書十萬虜文上，弟子三千丘道窮。樓外山山承落照，水邊樹樹起秋風。武陵縱好非人世，家在荒愁魏晉中。

叢碧詞人珍藏納蘭顒若小照既叠其自題賀新郎韻二首復別賦詩句以誌墨緣 一九四八年戊子

禹甸神臯鳳闕西，湖涯甲第接雲霓。紅樓隔岸居非遠，渌水分塍跡欲迷。公子錦衣聯異代，才人素紙續同淒。畫池百首詞題滿，不許周郎列繡畦。

題祜昌四兄手鈔甲戌本二首

一夢婆娑事可嗟，老牆偏戀夕陽斜。承裘世葉身猶是，潤墨庭花意未差。金線苦勞猜嫁女，石材空記託靈媧。憑誰滿把辛酸淚，相向紅樓説舊家。

十年辛苦半模糊，百載名流稍辯誣。貂後誰刪狗尾續，雀群我著佛頭污。亭墟老楝翻新話，硯沫鮮脂覆故硃。此日

共將清福惜，他時浩歎預愁余。

己丑暑假紀事 一九四九年己丑

已秋天氣乍清時，木影花香總舊姿。拙婦頓炊無米飯，老親日詠有懷詩。蟹行譯賦文心密，時以西文迻陸機名著《文賦》。虎道謀人厲氣危。夏令虎疫猶盛。一雨聞雷聾亦豁，醒來紅旭海生曦。

辛卯端陽默存先生召飯感賦 一九五一年辛卯

千年騷憤尚沉蛟，萬古江河正動搖。此日高筵接天際，斯文微緒繫宗條。閣中藜火分新照，言下神弦應久要。晤後第一句即言耳聵正好聆一知己之inner music，竟與舊作「空山默鼓亮心弦」之意冥契無間。總借名流忘鄉國，去年此日在叢碧公園度過。蒼茫歸路酒如潮。

七一道新兄來寓食水餃即席有句率和元韻 一九五二年

壬辰 西曆五月入蜀

幾番風雨送殘春，萬里殊鄉值故人。識面共憐顏色改，呼名獨見語聲親。行厨恨我尊無酒，倚句多君筆有神。暫向西窗貪剪燭，明朝新我更須新。

用陳先生寅恪人日遊工部草堂韻約道新同訪

舊宅荒祠繫我情，瓣香久已治心觥。不須儒雅悲同代，未廢江河幸幾生。餓死固應書亂世，兹遊早是見昇平。小車似醉旋陳跡，先生元句有云：「歸倚小車渾似醉。」一片新秋又錦城。

用陳寅恪先生舊題吳雨僧先生紅樓夢新談韻自題新證一書並分呈陳吳二老 一九五三年癸巳

彩石憑誰問後身，叢殘搜罷更悲辛。天香庭院猶經世，雲

錦文章已絶人。漢武金繩空稗海，王郎玉麈屑珠塵。當時契闊休尋憶，草草何關筆有神。

吴雨老賜假其集報以一律

一生傾力詩人事，老筆精誠合耀芒。珠玉有時如土棄，嬛嫏無復植芸藏。枯槐談藝欣敷葉（錢默存），碧柳培才惜著行（吴芳吉）。海内交遊數耆舊，巍巍魯殿總堪傷。

題羡師盡和有關新證諸詩後

小綴何干著作林，致書譽毁尚關心。夢真那與癡人説，數契當從大匠尋。懷抱陰晴花獨見，生平啼笑筆重斟。爲容已得南威論，未用無窮待古今。

彦威詩丈爲題新證二律喜甚漫作小絶以報時蓋甲

午新正二日立春夜（選四　一九五四年甲午）

名言合數阮光禄，白馬當時歎謝安。那似射魚村竪子，相從未覺解人難。

一笑如何早會心，要須情境自相尋。先生最得題紅意，惘惘奇花試共吟。（惘惘奇花，丈爲題詩册篇名，最喜誦之。）

唐情宋意久相須，二妙能兼更有無。要眇芬馨向誰説，靈光照夜比隋珠。

二載江城有所思，幽蘭誰復發華滋。盤雲入蜀前緣在，熏沐高人白雪詞。

再題顧硯寄壽白

一樣藤香映敝廬，（許月溪有紫藤花庵詩。）山家緣結紫琳腴。割雲玉指春凉

透，蹴水織弓碧藻敷。座上看人青鳳眼，江干得寶老驪珠。憑君認取胭紅漬，也似風流證夢無。

暮春之初懷沙兄寄示無題新句索和步韻二首

不比微之與牧之，蘭高有淚繭成絲。紅牆豈用窺燈便，綠樹曾關怨到遲。血是痛深鵑吻碧，粉緣誠重蝶衣癡。此情已分無人會，漫把當時校後時。

柳掩重樓東復東，海深無路此心通。輕雷已隱聽猶見，子夜新翻譜尚空。蚌入金砂珠欲潤，鸞迴寶釵去聲鈿生風。明朝更晚堅春約，肯待年芳著絮濛。

用韻贈同仁聶老

五十行年鬢未絲，交期雖晚是明時。何人解道千金句，流水高山總不知。

紺老見過不遇賦此

乘興曾來了不知，扁舟徑去想猶夷。紅樓我尚貪雞肋，水滸公須顯豹姿。人羨高居九天上，自憐大病一場時。名山事業都何似，匹馬單槍扯杏旗。

臨緘承吟奉寄道新北碚山城仍效長慶一九五五年乙未

回首巴山一萬重，巴山深處記相逢。聯鑣尋勝秋雲碧，排座敲詩夜燭紅。身側京華星斗近，意迴峽水夢魂通。懸知絳帳風流事，新在添香彩袌中。

得句於故宮小飯座上今夕補録明日訥老便行也

一九五六年丙申

年得幾朝聚弟兄，買書東市記同行。柳山好句君應會，只此能消萬古情。

戊戌清和月大廟之期寫似訥翁一笑 一九五八年戊戌

此奇奇絕冠平生，寫玉研脂可意明。數筆相思嫣透骨，三年懷袖瑩通靈。龜殘未許方殷契，夔足真堪託素名。他日聯床更如夢，瀟瀟夜雨勘紅情。

庚子破五日廠甸收程偉元繪箑一幀戲吟長句

一九六零年庚子

作節流風半日閒，南城如海聚人寰。得羊真覺書牛遠，序趙常憐漱玉孄。子惡能爲芹圃夢，吾曾何意米家山。先春已見烏登屋，殘雪晴泥載扇還。

歲辛丑二月廿七日吳聞女史見過謂云頃市府采鄙說恭邸萃錦園即紅樓大觀遺址有辟爲雪芹紀念館之議並擬邀往一看刻地屬別用非相引不得輒入也因綴長句用寄女史以紀一時之事 一九六一年辛丑

芳園人說禁城西，老柳官橋跡欲迷。萃錦久陳身後事，天香猶榜夢中題。季倫舊語終誰解，明我齋《題紅樓夢》末有「慚愧當年石季倫」之句。文叔新編儻易齊。多幸來朝叩關處，試從燕嘴覓芹泥。

喜聞錢仲聯夏承燾兩先生考定宋末左丞相陸秀夫實放翁之裔孫書以四絕

世譜存亡事欲迷，崖山潮怒有餘淒。丹徒百祀尊君實，誰識三遷自會稽。據仲聯先生考《陸氏會稽族譜》，陸君實乃自會稽遷鹽城者，《宋史》本傳又載君實自鹽城遷鎮江。

家祭如何告乃翁，九州沉陸恨無窮。故應子布親庭訓，想見含飴更課忠。據譜載，陸君實乃放翁第六支子布之孫，子布第三子名元楚，元楚第三子即君實。

六陵蔓草駐寒雲，一樹冬青説宋君。千載林唐存義士，無人兼弔陸家墳。宋六陵在東山，本放翁祖塋所在地，陸姓聚居於此。

拜鵑心事溯真源，擬杜高歌有本根。萬首不煩三世續，才思何啻作詩孫。《宋史》云：「秀夫才思清麗，一時文人少能及之。」「作詩孫」見坡詩。

辛丑龍抬頭日細雨如毛再訪文津新收石頭記鈔本而值閉館遂遊北海空園闃寂恍然久之坐攬翠軒呼茗用韻得句 用韻謂不依原次也

幾春瓊島見春陰，霏雨纖纖更著林。數武鄉嬛芸緑靜，一襟珠玉硯紅深。小桃立久無人語，清茗煙微要我吟。身在蓬山山絶頂，海門應念此幽尋。

奉和蠖叟元韻詠少陵援筆立成

何意浮聲比駿奔，關心律細把杯論。蒼茫飲處歸時影，寂寞花前客裏魂。蜀相祠堂香一瓣，岐王第宅酒千痕。分明故里中原在，焉用洄波弔峽猿。

七律

題小兒摹芹像 一九六二年壬寅

隔代居然下筆親，顧毫蘇頰詎爲神。他時面貌渾秋月，老去衣衫只酒人。説夢尚疑聞娓娓，題詩良愧語陳陳。精魂或有通千載，更繪紅情託夙因。

蘊庵老兄五十正慶俚酬獻

商量脂硯到湘雲，巨眼高譚憶識君。數隻古瓊教珮德，一尊肆酒喚論文。青籬碧玉家浮夢，赤壁黃樓室供芸。天命知非渾舊語，直將才調壽清芬。

用雪芹遺韻奉題旦宅畫家紅樓人物圖 一九六三年癸卯

秋風白祫爲君吟，更對群芳盛象深。兩賦英英來紙上，十釵宛宛出花陰。玉壺坊本難重展，影事閨詞懶作尋。知是丹青平正副，不題壓卷薜和林。

余初見畫家所爲雪芹像，贈以句云：「似是而非或所安，似非而是見真難。劉君一幅芹溪像，白祫秋風著眼看。」正邪兩賦而來，雪芹有甚深意，亦其美端哲學也。改七薌號玉壺山人，周綠君曾爲紅樓歌事詩，遂開繡像題詠一派，不出人物論贊窠白，今不敢效，蓋其與丹青續事曾無半點關係。

癸卯新正題脂硯長句

小硯芳脂認故紅，風光新歲識珍蹤。素心似處齋名見，玉貌齊時筆色同。黃葉村深情萬古，紅樓夢斷事千重。沉吟十五年前句，題甲戌本時曾有「硯沫鮮脂覆故硃」之句。今日真題苦未工。

立秋節兼七夕並三伏凌晨湖田作 一九七零年庚戌

嫋嫋今晨汗稍收，最憐風露玉金秋。女牛巧七歡無盡，瓜李伏三暑到頭。偷換流年詞最警，從觀大化氣方遒。從來庚節關人事，好好題詩上北樓。

五三初度兼示四兄 一九七一年辛亥

不綴經邊綴稗邊，莫從辛苦説徒然。巍巍褒語傳天上，蕩蕩紅流走世間。信有奇文傳史筆，豈無絕慧續殘編。弟兄未廢平生業，弱馬增年更著鞭。

五月四日癸丑春之最後一朝與祜老同訪檔案館

曾是兒曹哂未休，江河誰得廢長流。人天兩賦思千古，聚散三春寫百憂。西極風華添盛會，東來文物益深求。只今價重寰瀛日，豈信虞卿事事愁。

陳詔兄有詠芹之作擊節嗟賞曾相與推敲一二字今又步韻成篇以續墨緣一九八一年辛酉

西山秋冷自看承，白下江波接廣陵。家世百年囚繫檻，才華八斗月傳燈。悲歡分向情根墮，精彩長從硯底升。賸買霜絲繡君像，春蠶誰爲剥千層。

再步詠芹韻亦應節而立成不過數分鐘也

孤兒難逐緒誰承，幾帙殘詩散廣陵。此恨不關風與月，用宋人成句。有情相映雪如燈。眼枯筆底非金玉，腰折人間是斗升。認

得崚嶒君即石，高標何啻九霄層。

讀石頭記交響曲序感賦長句一九八二年壬戌

六紀紅壇閱死生，一痕石破九天驚。鋤蘭漫擬沉湘憤，刖玉難同泣璞情。肝膽嵯峨秦鏡碧，是非寥落漢灰平。誰能到此心濤靜，病眼寒燈午夜清。

壬戌長至節雲鄉兄遠惠其新著賦句報之

至日雲鴻喜不遐，春明風土繫吾家。輪痕履印坊南北，酒影書魂筆整斜。霏屑卻愁瓊易盡，揖芬良愧墨難加。揩摩病眼寒燈永，惆悵東京總夢華。

中華書局成立七十周年

七十春秋策績隆，中華光色日長東。書城四部寒齋暖，辭

海千鐵儉腹豐。曾選良工傳畫手，最憐小友樂兒童。炎黄文物知珍重，四化新猷更亦宗。

癸亥之冬在金陵觀賞南京市越劇團演出秦淮夢賦詩誌感 一九八三年癸亥

彩筆清弦譜雪芹，聞歌一夕動酸辛。秦淮楝苦先知味，白下江寒且問津。粉墨不妨無作有，滄桑何辨假還真。華燈乍見新闢目，感激紅妝護稿人。

正月十三日走訪蒜市口雪芹故居

峭拂東風想試燈，古以正月十三日爲試燈日，十六或十八爲收燈日。文明門外問途行。元之文明門也。清又呼海岱門、哈達門。皕年路改芹時土，三里河存蒜市名。三里河，地名，元故河道也。蒜市在其遺址上。故宅迷茫悲玉賦，遺編零落悼紅亭。九旬曝日街前

叟，馬翁，八十八歲，坐蒜市口北牆下負暄。就語滄塵恍可聽。

上元佳節訪芹居 一九八四年甲子

上元佳節了無燈，蒜市重來問古行。椽桷已迷原覆瓦，軒窗忽顯舊鏤櫺。天衢路改尋常陌，地藏祠荒勇士營。十七楹間欣可數，主人好語最堪聽。

奉題戴東原先生紀念館

整衣來肅皖東原，一代真儒百世尊。小學音書餘事盡，大師騷賦楚情存。祠堂樹色屯溪重，述作星芒老屋昏。收拾遺痕零落後，高芬長挹古時村。

乙丑五月中獻芹集印成以句寫懷 一九八五年乙丑

一集編成敢獻芹，眼昏頭白尚欣欣。辛酸慣領般般味，筆

硯時生冉冉雲。精氣無名天自賦，風華有據世宜文。高懷遠韻何方致，腐鼠鵷雛意已分。

自題石頭記鑒真梓成

鑒真成帙四年期，（自殺青至梓成整整四載。）領教群公又一時。須歷風波歸磊落，詎辭辛苦負芹脂。煙雲舒卷觀隨筆，弦索錚鏦唱鼓詞。聞道世間多下士，自開生面看人嗤。

乙丑中秋佳節寄懷海外同胞諸友

重吟月是故鄉明，皓魄長從海上生。異域舉頭千里白，家山極目一痕青。團圓供餅歡兒女，悵望緘書惜弟兄。低盡玉繩猶不寐，澄輝無限寄深情。

奉和李一氓同志二首

氓老因蘇聯藏本《石頭記》舊鈔全帙影印有期喜而得句，敬和一章，亦用真元二部合韻之體。

烘假誰知是託真，世間多少隔靴人。硯深研血情可痛，目遠飛鴻筆至神。萬里煙霞憐進影，（唐太宗序玄奘法師云：「萬里山川，撥煙霞而進影。」）一航冰雪動精魂。塵埃掃蕩功無量，喜和瑶章語愧村。

貂狗珠魚總奪真，乾坤流恨弔才人。古鈔歷劫多歸燹，孤本漂蓬未化塵。白璧青蠅分楮葉，春雲凍浦慰柴門。（敦敏訪芹詩：「野浦凍雲深，柴扉晚煙薄。」）相期書影功成日，攜酒同得紅樓村。

爲哈爾濱國際紅會所作 一九八六年丙寅

紅域誰堪張一軍，西疇東圃競耕耘。名篇已入十洲記，高會重傳四海聞。碧眼翻經顛拜石，黃車託史野誇芹。新知

舊學交逢處，尚擬陪隨用力勤。

策縱德剛兩兄行將赴臺出席胡適之先生逝世廿五周年大會余時方在北美書感即呈郢政 一九八七年丁卯

平生一面舊城東，劫後私藏札數通。文運孰能開世紀，學人僉謂仰宗風。離離宿草春吹碧，浩浩新章曉破紅。重見大師衣鉢在，百端欣慨與君同。

余於一九四七年始撰研芹文字，蒙先生惠札，並召談於其東廠胡同寓齋。「文革」既興，余所有信札多遺散落，獨存先生手書六通，皆紅學史上之重要文獻也。第七句屬策縱、德剛兩教授。

自題雪芹小傳二首

共説文星作傳難，幾重甘苦盡悲歡。挑芹緑淨知春動，蘇子由句：「園父初挑雪底芹。」浣玉紅新憶夜寒。瀛海未周睽字義，筆花長駐切毫端。紅樓歷歷燈痕永，不信人間抵夢間。

卷掩曹侯早動容，永忠弔雪芹句：「幾回掩卷哭曹侯。」難收血淚識英雄。睿王淳穎《讀石頭記偶成》句：「英雄血淚幾難收。」詩書家計人言重，屈復懷楝亭句：「詩書家計俱冰雪。」牛鬼遺文世運窮。情聖百憂資慧業，音高一曲遺愚衷。精魂莫問三生事，寫罷春燈微曉紅。

一九八七年元旦紅樓夢電視連續劇開映喜賦 二首

海外遙申祝賀詞，從頭回顧憶當時。開年盛事傳嘉話，辛苦經營數載知。

乍展熒窗百態豐，鮮葩閬苑粲新紅。朱樓搬演多删落，首尾全龍第一功。

題紅樓詞典出書

六年辛力幸觀成，喜慰還兼感慨生。日久始知學術貴，功

多翻覺利名輕。紅樓詞采森珠目，赤縣文明列緯經。萬象敢云囊一括，津梁倘可濟初程。

戊辰國慶日有懷津沽 一九八八年戊辰

風金露玉各澄鮮，邦慶中秋總後先。爭餅分瓜明月下，用《紅樓夢》中秋聯句典故：「爭餅嘲黃髮，分瓜笑綠媛。」懸旗結彩古宮前。謂建自元代的天后宮。九河赴海財源富，重譯梯航國策賢。故里津門頻夢影，相思佳節寫新箋。

爲中行先生負暄瑣話敬賦七律一首

甘苦相交橄欖芳，負暄促膝味偏長。傳神手擅三毫頰，掩淚心藏一瓣香。中行顯示自題此書絶句云：「阿誰會得西來意，燭冷香銷掩淚時。」又本書第十七則記顧羨季先師，覽之愴然，此句之兼義也。筆潔誦詩還讀史，格高芟莠只存稂。好書自展風前頁，忽睹微名喜附驥。初得此書，方展閲，好風微拂，爲開一頁，視之，適有賤名在焉，不禁欣愧交加矣。

紅樓夢與中華文化臺版問世賦詩 一九八九年己巳

抽刀斷水水溶溶，兩岸花分一脈紅。赤縣黄車文最偉，朱樓青埂夢長通。雷鳴瓦缶塵千疊，雲抹蓬山意萬重。何事人間重離別，玉鐺猶遣費鱗鴻。

羡季師逝世卅周年敬賦 一九九零年庚午

哲人真際待覃思，苦水詞名是舊時。六代文心梁慧地，一池硯采漢張芝。登堂法雨天香落，即路明駝倦影移。節序中元秋正好，神皋草樹有餘悲。

萸中先生客歲香山所作七律頃見示擊節而賞之因步原韻卻寄晉中

入望西山想暮霞，蒼茫猶恐是芹家。傷春未待悲春晚，樂水何緣住水涯。豈似小鮮烹大國，漫將鳴鳳伍啼鴉。館前車馬油塵惡，峪側來尋料峭花。

人民文學出版社肇建四十周年 一九九一年辛未

親見初栽培灌中，崇柯今喜碧陰濃。災梨禍棗成陳跡，四十年間懋績豐。

辛未試筆

上元燈火眼中稀，花市情懷夢總依。月動柳梢當時事，自垂衫袖自尋歸。

借少陵句懷雪芹

不見曹侯久，佯狂真可哀。世人皆欲殺，吾意獨憐才。敏捷詩千首，飄零酒一杯。西山著書處，魂質好歸來。

賦贈策縱學長用潘虛之先生舊韻

鴻濛一辟鎮悠悠，豈必紅家總姓周。宜結奇盟動天地，直將宇宙築紅樓。

棄園兄新年貺札，囑覓數年前同因潘先生詩韻，並留新句，轉頭新句復成舊句，因再賦更新之句以誌墨緣，兼爲棄園七十五眉壽介觴也。

步原韻遥和王叔岷先生之讀破 一九九二年壬申

粉墨從來好作場，素衣化了素心狂。紅樓通得終南徑，燕石鐫成字「壽昌」。

忽見其《讀破》一題，使我且感且愧，其小序云：「閑閱周汝昌先生《紅樓夢與中華文化》新序中謂曹雪芹集文采風流之大成……」詩曰：「文采風流獨擅場，其人如玉亦癡狂。探新温故窮心力，讀破紅樓一汝昌。」

八月十一日北京圖書館舉行八十周年館慶文化界

名人筆會口占絕句分呈任繼愈季羨林啓功三先生

呈任繼愈老

論歲爲兄論學師，一城遥隔仰雲霓。相憐移席殷勤語，感激青眸照我時。

任先生長我兩歲。我目壞不能辨識，乃蒙移席來就談。先生亦損一目，然矍鑠似中青年人。

呈季羨林老

八十一歲聰且明，相逢常是肯呼名。文章已入先生目，獎飾深知意不輕。

季先生年逾八旬，神明不衰，亦不用杖。每見必先招呼，今次並對拙文獎飾。

呈啓功先生

衆中呼我倍增欣，已易西裝鬢若銀。卻憶當年蹤跡密，尹公詩卷話真芹。

啓功先生舊年常過敝居，文字翰墨之交數十載矣。嘗攜示尹繼善手書試卷，以證雪芹小照題詩爲尹公真筆。蓋其夫人章佳氏，即公之後也。

歸智學人新著梓成喜賦卻寄 一九九三年癸酉

身到紅樓第幾層，危欄迢遞石崚嶒。諸方振鐸仍須士，獨夜傳衣轉慕僧。腐鼠尚勞甘惠施，鳴鸞誰識曉孫登。遥知辛苦十年事，聽盡啼鴉睡未曾。

寄謝鍾樹梁先生開歲見懷之作敬步元韻

歲朝念我情深至，萬里橋邊水碧如。索解幸知今世有，誦詩疑是古人書。庭中茂草心先契，弦上高山指略舒。猜意鵷雛尚聞嚇，得君生日室介虚。

敬懷林靜希先生

燕園舊夢總難消，風色胡俞事萬條。寧敢登門師友累，劇憐窺牖探研勞。黄車赤縣空喧赫，白雪陽春倍寂寥。聞説一編談水滸，先生筆緒料如潮。

步陳寅恪先生題贈吴雨僧先生紅樓新論七律原韻

再步舊韻 一九九四年甲戌

昔晤吴雨僧先生於重慶北碚，因步陳寅恪先生題贈吴老紅樓新論七律原韻賦詩見意。四十年後《寅恪詩集》梓行，收有原倡，感緒萬端，再步舊韻而爲新篇。

來託前身寫後身，通靈一性早含辛。當時才調違全代，並世文章服此人。夢永是真石是我，情芳非水玉非塵。燈宵絮語憑誰記，惆悵先生筆最神。

悼張愛玲 首句借韻 一九九五年乙亥

疑是空門苦行僧，卻曾脂粉出名城。飄零碧海灰能化，寢饋紅樓恨未平。附骨有疽遺痛語，立錐無地抱深情。誰知此日紛騰譽，不見心靈説字靈。

乙亥中秋喜見燕京學報新一期感賦呈仁師侯老

再續斯文誰主張，巍巍一老意輝煌。半輪燕瓦舊風采，封面裝幀。廿首鴻題新墨香。鼎重衆擎心易舉，途修同邁器難量。唤回五十年前夢，悲喜盈襟感亦傷。

乙亥中秋後小川電云拙補芹詩已見報刊因作五補

重託鄙懷

西園能廢少年狂，玉動珠摇琥珀光。一棹月羞琴掩面，四弦風怯雁迴腸。青衫欲抵江淹賦，紅袖猶疑洛浦芳。白傅詩靈應喜甚，定教蠻素鬼排場。

六補雪芹題琵琶行傳奇殘句

檀槽鳳尾撥龍香，卻似悲歌擊筑琅。誰續琵琶歸漢女，更嚴官徵揖周郎。一艙月白同懷洛，萬籟峰青獨夢湘。白傅詩靈應喜甚，定教蠻素鬼排場。

敬挽端木蕻良先生 二首 一九九六年丙子

同世同行齒德崇，一朝賢哲萎金風。詞源墨瀋知何限，留與人寰光焰紅。

一意拈毫志不群，老來心血浩無垠。雲間已應修文召，燕

市長存《曹雪芹》。

八十著書自嘲 一九九八年戊寅

冷淡生涯寂寞功，低軀伏案瞪盲瞳。片詞覓處書倉破，一字安時智府窮。價格總齊杯水白，風頭怎比衆星紅。旁人不識寒齋陋，誤指雲霄七寶宫。

讀冒舒老性情中人感賦寄呈

非關宋玉擅微詞，痛惜深鍼亦至悲。一世人心秦鏡徹，百年史案楚騷滋。文章落落知誰鑒，風義錚錚益我師。月旦名流應有意，孤煙大漠總縈思。

戊寅三月八十初度

上巳清明是好春，我來豈似餞花人。紅樓一記真無價，介

壽群芳句句新。

報謝鄧雲鄉兄壽我八旬步韻成章

緩轡京華得暫休，相逢南苑一登樓。青眸不遠來千里，紅學何心奪一籌。東嶽誰知連警幻，西山空説可尋秋。攬君八法兼詩法，應有朱衣暗點頭。

雲鄉兄自滬上莅京爲我稱觴，並賜佳句，爰步韻報謝，愧不能工也。兄獨窺太虛幻境取思於北京東嶽廟，歎爲具眼，故第五句及之。時在戊寅十月北普陀會後。

自題曹雪芹新傳三首

其一

可是文星寫照難，百重甘苦盡悲歡。挑芹緑淨知春動，「園父初挑雪底芹」，乃宋賢蘇子由詩句。浣玉丹新憶夜寒。瀛海未周暌字義，心香長灶切毫端。紅樓歷歷燈痕永，未信人間擬夢間。

其二

搖落深知濁玉悲，風流文采一心癡。身居貴賤榮枯處，運際興亡剥復時。情厚只題閨秀苦，才高豈入俗人機。十年辛苦成何事，紅沁芳泉翠墨滋。

其三

卷掩曹侯早動容，難收血淚識英雄。詩書家計人言重，牛鬼遺文世路窮。天厚百憂資慧業，曲高一闋遣愚衷。蕭條杜老悲摇落，題罷春燈徹曉紅。

戊寅上巳吉日良辰高朋至契預爲賤辰置酒以誌八旬初度感賦俚詞

群賢畢至展蘭亭，禊罷重觴意氣傾。王母憐才桃最赤，大

師傳鉢眼皆青。紅樓字漬歌燕市，茅屋詩懷憶錦城。八十猶孩知學句，爲君瑶席記深情。

敬挽錢鍾書先生

天際星芒黯黯垂，大師辭世動深悲。避居名位名斯大，謝榜學門學自奇。落落管錐謙在己，茫茫中外後來誰。依稀五十年前事，青眼相招感厚知。

步鍾樹老謁少陵故里韻奉寄 一九九九年己卯

身後編詩重斗山，生前負米拆鈿環。愁悲萬里心匡國，花拂千官夢列班。浩蕩古今同命慨，蒼茫酒食與時艱。棗柯老屋尋無跡，不恨空回恨速還。

七絶

近讀莎齋文拈時賢傳例因口占戲呈

吴曾能與馮浩玉，此日方知學問多。不用分明辨啼笑，大家齊頌阿彌陀。

謝行公賜説夢草卻寄

長律古有近韻通押例，姑援之，以濟才之不足。

佚叟何人識，交期跡可憑。洛陽今紙貴，日下舊文輕。苦愛溪坑石，相思地震棚。不嫌拙字劣，還繞廢園行。附驥邀題話，塗鴉議寫經。深慚呼國士，敬重想高僧。説夢編詩草，談禪悟道名。後湖三十載，北旬八千齡。白髮無梳勢，紅樓有至情。風煙難定態，觀化賞新生。

奉題劉心武新書

君家説部早騰聲，又見研紅著美名。鳳藻宮闈憐賈氏，天香樓閣識秦卿。庵中檻外無窮事，筆下心頭何限情。理罷三釵云惝息，定知新意更滋萌。

用楝亭贈昉思韻

豈是前賢畏後生，及今文采尚冰清。祖孫千載無微憾，天地三才有大成。一任花飛唯罪我，重逢緣駐總關卿。石頭記得朱樓夢，大旨蒼茫何限情。

己卯三月偶賦

柳影花光幾個知，小桃無語立芳時。韶華有意思流水，碧野朱橋誦舊詞。

一介書生二零零零年庚辰

一介書生總性呆，也緣奇事見微懷。豈同春夢隨雲散，彩線金鍼繡得來。

贈黄裳

故人相賞語如金，筆致誰諳感不禁。也向死潭投小石，可憐文化到而今。

自題天地人我

三才天地贊人文，我是阿誰擬問君。翠枕燕山成北斗，紅敷渤海旭東雲。一編波磔調宮羽，四序陰晴掌戚欣。未用風雷思萬物，丹樓鐫夢口尊芹。

悼苦水大師

天下詩人江鯽多，先生一語挽銀河。平生知己論師友，最

憶清州一倦駝。

庚辰清和三月廿四日得孟熹兄惠寄神州夢碎録感慨交加即賦小句二首

豈待多情始泫然，燕園遺事碎如煙。臨湖可有名軒在，感慨神州夢亦牽。

靈灰未返字含悲，波影年年碧草思。曾列門牆賢達眾，芳名連署試陳詞。

自題北斗京華 二零零一年辛巳

北斗京華一卷新，晴陽銷雪草涵春。幾多五十年間事，文采風流愧古人。

歸智賜序斯文不朽厚幸也詩以詠之

雨雨風風幾度春，苦拋心力作癡人。千紅一哭悲無極，萬古孤懷事有因。魍魎蛇虺看已慣，才情靈慧悟常新。不須白眼存流輩，感歎文章美善真。

壬午端陽口占寄興 二零零二年壬午

破曉新廚蘆粽香，簪門蒲艾點雄黃。虎符繫臂童時樂，彩線紅榴晝夜長。

自題紅樓新語 二零零三年癸未

漫評筆下有鋒稜，身到朱樓又一層。新語自憐非濁玉，舊釵誰刻證情僧。茜莎影動風存侶，紅藕香殘水尚馨。寫罷微吟見明月，少年快事想春燈。

自題

苦慕多才濁玉家，一爐一硯是生涯。香雲吐絮傷攀柳，脂墨含章悵餞花。搖落詎緣風露緊，風流不改歲時華。新來筆底添思致，奪目樓紅彩倍加。

自題紅樓十二層 二零零四年甲申

迢遞朱樓十二重，落花飛絮繡簾櫳。三春事業東風薄，千里長棚盛席空。流水沁芳亭滴翠，崇光泛彩院怡紅。海棠依舊胭脂瘦，高燭頻燒照影同。

甲申五月初一收見石頭記會真十卷新書感賦

即日作

五十六年一願償，爲芹辛苦分去聲應當。幾番浩劫邪欺正，百世沉冤綠轉黃。大化無憂文照耀，微懷有幸意慚惶。最

憐棠棣情難盡，故里春暉斷雁行。

甲申中秋作 二首

今朝揮扇汗自流，枉説天涼好個秋。逃暑思量何處去，徘徊依舊上紅樓。

卻憶吾家築爽秋，畝園也有沁芳流。笙歌天上真人意，幾個能知舊姓周。

元白先生悼詩 二零零五年乙酉

玉鐫譜牒列藩宗，絳帳青衿位不同。八法心追羲獻妙，兼長筆擅北南宗。詞吟蘭禊波瀾勢，舌粲蓮花曼倩風。回首展看高會盛，衆中握手笑談紅。

題張愛玲

掃眉才子女相如，夢裏紅樓景色殊。早辨名貂聯狗尾，漸疑顰黛幻仙姝。雲垂海立驚真本，鮒骨棠香恨佚書。奪取獄神五六稿，鴻濛重啓復還初。

再題石頭記會真

錦瑟華年萃一真，百端欣慨又誰陳。人天大願今朝遂，悲慧微懷逐日新。忍使奇文深落溷，難堪神聖境蒙塵。青氈本異紅樓事，敝帚如松伴石珍。

我讀紅樓七律一首 二零零六年丙戌

我讀紅樓是讀經，人情練達事通明。群生萬物悲加喜，兩賦三才秀則靈。史案如詩文旖旎，花名似譜色娉婷。可憐大美兼真善，變作爭婚醜劇生。

曉川壽我七律極佳欣感之下叠韻報謝 二零零八年戊子

吾宗文采擅風流，七字千鈞挽萬牛。知我襟懷嚴白黑，服君筆力化剛柔。蟠桃盛會叨同列，鹿鶴昌期夙世修。九秩賤辰深自愧，半生微尚付紅樓。

今日上元佳節清晨念昨夕之事興猶未盡枕上再叠原韻借君貺壽濟我貧才

硯尊砥位墨長流，呼馬隨緣也應牛。花未盈眸春最好，金能繞指道歸柔。一庭茂草家仍在，七寶高臺意可修。千里程途難伏櫪，與君相望獨登樓。

三叠曉川韻

水到渠成石也流，蹣跚老馬傲蝸牛。良朋貺壽真情聚，險

敵藏刀假面柔。抱恨奇書殘後景，堪憐薄俗撼前修。憑君且賞學何似，海上神仙畫蜃樓。

四疊曉川韻

渭北江東不異流，青牛已遠且黄牛。辛勤南雁依時會，浩蕩東風拂面柔。舊説三才思一貫，新聞四庫議重修。閨中少婦凝妝罷，柳色依依正倚樓。

五疊倒次韻

斯文風雨感無樓，十二金釵譜可修。賈府荒唐甄痛切，人間嚴峻夢温柔。僧伽説法石丘虎，賢者傷孤司馬牛。久住黄金臺側畔，憑軒不復涕横流。

霍松老步曉川韻爲我貺壽擊節吟賞欣喜不已因和

曉川壽松老佳韻略表愚衷想不哂其拙陋矣

才調依稀李杜雙，秦川八百運綿長。景宗險韻將軍霍，詩苑高標松柏光。君爲弘文揮玉麈，我因説夢落荒唐。烹來仙茗同稱壽，更待傳觥祝永昌。

答謝劉征先生詩宗大雅惠我名篇貺壽愧短翼微能空懷及群之歎也

歆向鴻儒到彦和，長卿禹錫一家多。問君才富那如許，壽我春妍報得麽。自古劉郎仙作伴，至今周處世常呵。新篇入手高吟遍，金石聲聲感若何。

顧隨先生詩詞學術研討會感賦二首 二零零九年己丑

大師去已遠，天際散遺芬。愛馬支公俊，雕龍慧地文。一

生三化備，八法六書均。風雨高樓在，憑誰仰及群。

大道無名久，先型有象尊。倦駝千里路，苦水一杯醇。作劇紅氍上，登堂絳帳門。思量杜陵叟，芳意與誰論？

痛悼繼愈學長老友尊兄

又奪一老去，問天何忍爲。雲霄風習習，學苑雨淒淒。先賢遽零落，後生何所歸。開軒一環顧，衷懷無限悲。中華富典籍，煙海迷涘涯。河洛出圖史，墳典遞銜隨。神京築堂館，新舊各相宜。先生資望重，歷歲爲支持。回憶建館慶，相邀賦好詩。自憐才力拙，承命豈敢辭。筵席得深語，自此更蒙知。公亦失一目，同病笑復啼。青眼識惠加，車馬駐門扉。贈我以良藥，念我體弱羸。愧言禮往

來，未能隨追陪。近聞偶欠安，慰問歎失時。豈料驚訊至，蒼空掩耀輝。終宵不能寐，輾轉忘微私。哀及後來者，薪火可能依。晨起賦蕪詞，流涕染巾衣。

本篇古體詩，韻脚可依古音通押，如涘涯讀音爲sì yí。

古曆己丑閏五月十九日驚聞季羨林先生謝世痛悼不已敬賦小詩略展悲懷

大師霄際顧人寰，五月風悲夏驟寒。砥柱中華文與道，渠通天竺梵和禪。淡交我敬先生久，學契誰開譯述關。手澤猶新存尺素，莫教流涕染珍翰。

腹聯下句謂：一九五〇年，我翻譯先生《列子與佛經之關係》一文，被刊載於一九五一年第六卷Studia Serica上，此文甚爲國際學者所重視，而拙譯英文也連帶獲好評，與有榮焉。按：國人英譯漢文學作品者已不乏其人，而英譯先秦諸子與佛教典籍之例似未多聞。拙譯之例所以能獲佳評，此亦原因之一。附記於此，亦學苑之舊聞矣。末句韻脚押翰字，應讀hān。

自題校定批點新本石頭記

一帙新編五載功，點釵批夢總緣紅。草蛇灰線思千里，鶴榭蜂橋路幾重。聖歎遺風詩錦繡，脂齋芳訊恨飄蓬。回看六十韶華燦，盡在文章造化中。

敬贈劉再復先生 二零一零年庚寅

論文慧地索雕龍，詩國劉郎立意宗。下士低能悲大笑，石頭高悟愧愚蒙。挾山超海來神筆，撥雪挑琴獻鄙衷。赤縣黄車最奇絶，三千世界夢樓紅。

三和新睿王淳穎讀石頭記詩

幾多冤債筆難休，硯底胭脂艷未收。灰尚有知情豈盡，夢尋無影字含愁。誰解英雄研血淚，方憐文采最風流。紅樓翠柳今何在，一脈三墳到九丘。

徐邦達先生百歲大慶喜賦小詩

五月南風美，崇光慶百齡。墨池精八法，丘壑運丹青。一卷脩篁翠，三山彩鳳靈。蝸居來蠖老，二叟護蘭亭。

先生長我七齡，而我六十賤辰時，先生便以翠竹長卷惠贈並題詩，俱見不棄之厚意。其後，索閲家藏甲戌《石頭記》副本，又爲之特繪三仙山彩鳳傳信之畫圖，裝於卷首，倍加名貴。先生枉顧小齋，我尚在無量大人胡同。八十年代後，我移寓南竹竿巷，荷其命駕來臨更爲頻繁。會面時則談論書法，最爲投契，以爲世之習書者多不能辨中鋒、側鋒之分；又暢論蘭亭之真僞，竊哂誣真爲假者之荒唐，如此種種，實難備記。其不能忘者，則二人不能會面時必有詩詞唱和，興致高昂時，每日可有二三篇付郵，不唯鬥韻而且競敏，此他人不能知者。

千字文絶句二首

後庭一曲唱興亡，金粉南朝井水香。讀罷周家一千字，中華文化在齊梁。

右軍七代永禪師，退筆如山號字癡。分散梵宫八百本，還

周汝昌詩詞稿

詞稿

瑶華 一九三五年乙亥

花遲柳晚，邊地無春；人遠天高，孤心有恨。付淒愴於談笑，寄惆悵以詞章。俯仰古今，所以廢然而狂歌者也。客歲水屯沽地城外，夭桃盡從河伯而嫁，僅近舍阡陌間偶有一二株，嘿然作其獨有之華。記含苞時曾得一晤，過後久思重訪，復以俗務繁兀而淡忘之。昨日有暇，急整裝去，惟至時已繽紛作飄零舞。東風來於我先矣，悵極賦此。

遼空似洗，轢轆塵微，識前番新霽。攀鄰閒訪春寓處，見説西城桃李。輕衫側帽，便何用、魚書先寄。惟只愁、暗織濃陰，密綴漫枝青子。　酸眸不到南阡早，半畝香泥，一溪紅水。花應有恨，如訴與、薄倖尋芳遲矣。暈銷粉臉，問幾載、人須相似。對四圍、淺浪輕風，十里麥畦翻翠。

浣溪沙

樓下頻番見個人，輕簾薄霧看難真。鈿車去後恨香塵。　檐亞已無雲幻彩，欄迴漸有月雕痕。閒挑寂寞倚黃昏。

浣溪沙 一九三七年丁丑

陣雨黃昏冷燕巢，紛紛別館尚笙簫。沈郎愁病已魂

銷。檢出秋衣人黯黯，緘成錦字雁勞勞。便須拚度可憐宵。

浣溪沙

孤館窮陰雨濺泥，病窗寒緊勸加衣。萬千珍重一緘知。迢遞不來天際信，淒涼多是自家詞。未華雙鬢欲如絲。

蝶戀花 一九三九年己卯

南浦傷心，東門隕涕。幾行柳色，十里雲天。是用登樓作賦，抱恨千端；臨水銷魂，唯愁一別。猥以同窗緣盡，學者識牢燕之悲；入室深情，朱子賦驪駒之什。在先生辭意雙長，錯金鏤彩；奈後學情才俱陋，棘手茅心。勉成俚句，敢曰續貂；聊表衷藏，難爲和玉。

百五春光誰是主。野鳥閒花，特地傷離緒。極目短長亭外路。可憐十里青青樹。恨水離煙難細數。執手相看，凝咽渾無語。幾尺柔條忍折取。斷腸留向斜陽舞。

蝶戀花 一九四零年庚辰

庚辰冬至後一日晝寐，時客京北成府燕園。

年去年來諳客路。別羽離宮，日日思鄉譜。昨夜遙城傳細鼓，等閒歲臘看看暮。窗外空枝搖凍樹。珍重寒衾，睡裏尋春處。淺夢纔從家畔住。匆匆又被風吹去。

鷓鴣天

奉和羨季師顧隨先生見寄原韻 一九四二年壬午

曾把銷魂作斷魂，如今真個是離分。痛看巫峽辭行雨，不悔蕭郎絕路人。 緣已盡，夢猶真。登樓無計避斜曛。如何十二迴闌合，獨倚西垂認舊雲。

又

拚盡銷魂已斷魂，彩簫雙鳳曲中分。花開笑靨春三月，我是傷心第一人。 看處遠，夢時真。且將臉色認紅曛。不知昨夜巫山雨，又作今朝何處雲。

浣溪沙

和羨季師

北國慳春欲問天，未看抽葉見飛綿。不知春至那春闌。 試與過牆追蝶尾，旋同捐溷墜花先。擬開鸞鏡鑷衰殘。

附詩

謀生最好是吟詩，（師句）詩裏真心幾個知。曠代更無鄭箋手，飛卿終古枉填詞。（時方作溫庭筠《菩薩蠻》注。）

臨江仙

廿一日晨爽秋樓舊址作 一九四三年癸未

真個朝來佳氣爽，攜書獨過幽溪。莽蒼（借作平）有露溼人衣。一蝶（作平）引路，深入豆花畦。 好處明知猶是懶，更堪本不知之。來宵睡起道何時。暫得（作平）於己，柳下坐無期。

南鄉子

用羨季師元韻

細影倍身高，頰上真紅契契銷。檢遍繡籠雙鳳帶，千條。取次寬鬆病沈腰。秋氣溽琴潮，身與良桐一例焦。彈出變宮誰會得，風飄。明月人憑第幾橋。

漢宮春

題稼軒詞用其蓬萊閣懷古韻

被酒讕言，道滿城魚鼈，決水西湖。不得中行而與，必也狂乎。老來知命，甚當時、閒不須臾。聽夜半、荒山壞墓，大聲今此猶呼。十卷短長新句，是稼軒園地，何有於蘇。無數英雄兒女，婉也豪歟。鏗鍧一片，定誰分、鐘鼓笙竽。千萬事，有窮白髮，無窮玉兔金烏。

踏莎行 一九四四年甲申

柳綠初深，桃紅尚淺，此鄉自是春期晚。待真來日已無餘，迎頭卻把東皇餞。紅蠟燒多，哀鵑喚轉。些些人事誰能遣。淒涼賸我苦吟身，小園香徑徘徊遍。

沁園春

纖火張空，庭户無人，薜蘿傍牆。正停簫拭汗，困唯欲臥，攤書換枕，渴漫思漿。寶玉生煙，吉金化水，起掩軒齋南面窗。濃陰直，看枝頭一葉，塑住流光。三更急雨淋浪。便作弄迎秋一夜涼。定黃泥細草，牙檐瀉溜，白鱗巨浪，平陸成江。疾棄冰紈，快呼鵝毳，冷病如圍須細防。無眠處，想浮瓜沉李，明日誰嘗。

入眼，下多情、幾把辛酸淚。知冷暖，瓶中水。隋圖展子虔《遊春圖》，吾國最古之畫晉筆陸機《平復帖》，最古之書請神醉。管琳琅、風宗代出，還天畀無忌。留取楝亭圖卷在，伯駒先生題容若小像原句。脈脈此情何已。自歎、癡人靡悔。待得一編說平聲夢出，共要盟、翰墨因緣裏。公曰諾，聽君記。

金縷曲二首

十月二日草草賦《金縷曲》贈叢碧先生，幅隘意多，言不能罄，追維圖卷，因一再疊。凡入例得作平處不贅注

楝亭圖

庭命存提耳。記當時、楝花亭樹，衮衣衙第。一樹婆娑人雪涕，誰會蓼莪真意。天下士、半歸知己。曹子清上自前明遺士，下逮朝野名流，罔不與遊。妙句清圖都幾幅，遍東南、爭寫瞻依淚。筆似繡，詩如水。那蘭小跋心先醉。重摩挲、手污爪跡，雅人生忌。三葉不殊風木思，子清以至雪芹。身世興亡未已。又豈獨、艷情堪悔。船山詩云「艷情人自說紅樓」，前人大抵只於艷情二字着眼。五采雲龍餘誥錫，曹氏上世三誥命，今藏燕大圖，與《楝亭圖》皆其家舊物流於世者也。泣流傳、廠肆風塵裏。李文藻《南澗文集·琉璃廠書肆記》云：乾隆己丑夏間從內城買書數十部，皆有楝亭曹氏印，蓋付鼓攤廟市久矣。忍重讀，石頭記。

紅樓夢

奕葉愁㬎耳。㬎，第七世；耳，第八世。自曹氏始祖世選迄雪芹之殤子，凡七世，蓋不俟八世而衰矣。休更論、從龍勳衛，繡旗才第。樹倒猢猻含痛語，夢裏座中同意。子清在日，每舉「樹倒猢猻散」一語示座客，見施瑮詩集自注，即秦氏託夢語所自來也。猶苦說、爲人非己。噎虀圍氈良何暇，脂硯齋硃批云「寒冬噎酸虀，雪夜圍破氈」，此乃雪芹貧後實況。十年勤、胡藏脂本引詩云「十年辛苦不尋常」。奇話傳償

淚。分不出，血和水。依雪芹自批，「絳珠」即隱血淚二字，故詩又云「字字看來皆是血」。黄酤賣畫氀毼醉。敦誠敦敏昆弟贈雪芹詩云「舉家食粥酒常賒」，又「賣畫錢來付酒家」，又「一醉氀毼白眼斜」。歎蓬蒿、生屯死覆，敦誠《四松堂集》寄懷雪芹詩云「於今環堵蓬蒿屯」。絶才天忌。皕載更無玄識在，當日不如其已。回首處、九泉應悔。四海誰堪身後託，葺叢殘、舊事芸編裏。君浮白，吾能記。余輯《紅樓家世》一書，搜曹家舊事差備。

滿庭芳 一九五零年庚寅

一雨湔春，海棠都謝，看花誰到荒園。池塘新緑，潮入五更寒。燕子未歸舊處，羅衾在、休問青氈。東風起，相逢草草，一晌不成歡。　年年爲客日，小樓明月，天上人間。漫往事離愁，玉砌朱顔。恰似一江春水，流去也、相見應難。斜曛好，西山無限，獨自正憑闌。

玲瓏四犯

枝巢翁雨過與叢碧訪稷園牡丹賦此調索同作用韻

侵曉收簾，早賣杏前朝，深巷都少。故苑苔荒，零落趙昌遺稿。天陌細輾新泥，携俊侶、只疑春好。映四鬢、黄紫闌珊，花已共人都老。　白頭古樣宫眉小。説清平、數章誰草。沉香亭北繁華歇，傾國傾城事了。還駐一縷茶煙，憐舊識、人間傭保。但香霑殘滴，誰辨得，分啼笑。

水龍吟

用章蘇韻詠楊花

幾番吹到清明，麥花墜後無花墜。驚鴻事渺，名園怯步，漫天情思。舊夢斜陽，杜鵑孤館，客門深閉。看兒童捉

罷，紗窗襯緑，慵慵睡，扶頭起。休倚繡樓高望，亂雙泓，鬢釵時綴。靜留硯曲，圓依闌脚，一篇風碎。難逐青雲，只歸黄土，半隨紅紅水。到清宵露濕，倚飛歇舞，賸絲絲淚。

金縷曲

承澤園度庚寅端五

麗日明端午。正天涯、怕逢佳節，倍驚時序。愛客風流張公子，家讌爲開清酹。似相慰、飄零情緒。一箭幽蘭奇香發，隔簾筠、紅藕傷無語。花共我，亦賓主。園林此日休回顧。碎壺冰、爾繒凌亂，燕梁塵土。巷口已無當時事，小劫錫簫社鼓。嗟萬物、蒼生最苦。緑蝎紅蛇懸當牖，念兒童、繫彩誰絲縷。重換盞，剥筒黍。

鷓鴣天

題苦水上人所貽二主詞 一九五一年辛卯

已異維摩病榻禪，愁城説似日如年。一燈明滅心孤照，四大依違苦獨肩。生要力，死能拚。楞嚴和淚記曾看。如今卻與南唐卷，秋月春花仔細參

臨江仙

廣元途中有懷叢碧丈 一九五二年壬辰

千水千山驛路，此情此日都經。重吟好句憶交情。展春花月在，一盞與誰傾。大地皆堪逆旅，寸心要契神形。客途未倦短長亭。可知西去路，雙眼有誰青。

菩薩蠻

正剛以集社六調見懷感答一章

竄身未覚南來苦，相存尚有新詩句。一雁渡秦雲，數行餘淚痕。此生須許國，未識蓉城樂。遊路草堂西，與君要後期。

破陣子 閏重三 一九五五年乙未

寂寂清明意緒，依依上巳風煙。不數韶光一作平百五，好續名花廿四番。重逢三月三。猶記雪消京國，已聞花落江南。青鳥蟠桃應再熟，玉版蘭亭許更翻。春歸春又還。

朝玉階

小巷陰陰料峭寒。一聲來賣處，卷簾看。筠籠細瀉走匀

圓。絳珠誰采得，有晴天。欲封紅豆寄江南。無心雙歷落，錯來拈。三春消息早鶯含。更尋春一點，覷唇間。

念奴嬌

爲正剛賦用其韻意盡於詞

相逢忽漫是京華，時節榴花開遍。迴首三年成底事，蜀水巴山過眼。小院初來，良朋便別，萬事難留戀。莫教疑著，幾曾明月常滿。君鄉即是吾鄉，憑君携不去，歸心何限。小草未爲孤露甚，猶有一翁神健。顧師東海扶桑，北溟重翼，不是斜陽晚。送君南浦，草痕波意千萬。

臨江仙

壽羡師六十一 一九五七年丁酉

疊鼓垂燈纔幾日，喤喤又聽雄聲。歲華佳氣畫難成。兜羅紅繡褓，不律老人星。璇柄周迴消息備，舉頭春樹崢嶸。欣欣生意介長青。此間持獻壽，無事乞恒升。

鷓鴣天 一九六二年壬寅

北京中山公園水榭觀日本書法展覽

一角荷風水榭香，東家書舫泛滄浪。滴花紅雨唐情遠，黦日烏雲漢筆光。毫折劍，墨判璋。永和懷抱最當行。不須似古能師古，高議同時見竹堂。

風入松

題春 一九六五年乙巳

名園誰記訂烏絲，得失許銖錙。少年一跋驚諸老，歛狂言、猶著人疑。花氣微風亂落，草晴小雨叢滋。「微風花亂落，小雨草叢生」，《叢碧詞》舊句，余指爲壓卷。 而今卻見鷓鴣啼，節序寫新詞。郎俊妙筆尋前賞，觸清馨、絳蠟梅枝。廿四番風花信，三千大地春期。

風入松 二首 一九七四年甲寅

重陽滿紙記新紅，老眼尚能空。「老眼」一句，是從曹楝亭的「老眼題愁素紙空」化出，不是泛筆。行行說盡當時事，也略同、闕史遺蹤。不許猢猻各散，最驚貂狗相蒙。 東瀛觸事見華風，秘笈有時逢。是真是幻皆堪喜，向西山、憑弔高楓。光焰何勞群謗，江河不廢無窮。

翻書時歷點脂紅，名姓託空空。筆濤墨陣何人事，是英雄、霜雨前蹤。經濟憑他孔孟，文章怕見頑蒙。 黄車赤

縣佇高楓，魂夢一相逢。「黃車」句用陳寅恪先生「赤縣黃車更有人」詩語，也是涉紅之題的。黃車使者，虞初別號，小說家之祖，故以喻雪芹。可謂熨帖。殘篇零落誰能補，「誰能補」，是自謙，又是自居。詩家之妙筆。似曾題、月荻江楓。更把新詞歌闋，也知遺韻難窮。

一九七四年（甲寅），當時北京老詞家張叢碧先生，從友人處獲知日本兒玉達童教授曾言及三六橋本《紅樓夢》，其情事與高續本大異，如云「寶玉入獄」、「小紅探監」、「鳳姐被休」、「湘雲改嫁」等等。驚爲關係至巨之重大發現，爲賦《風入松》多闋以誌喜，其一、二兩闋如上。

金縷曲

預祝叢碧翁丁巳上元八十壽辰和黃君坦先生詞韻 一九七七年丁巳

河漢微雲外。溯交期、新詞稱意，任教人怪。竹垞序楝亭語也。圖卷紅樓堆書案，請展暗憐輕壞。曾晤近、筆小研海。節序從頭歌金縷，只今時、照鬢明湖在。懷夜雨、杏花賣。上片盡即

本事。垂燈疊鼓歡難改。八十春、暗秋明月，上元新届。慚愧佳辰宜佳句，謄擬登堂伸拜。應見我、亦深欣慨。介壽一觴須高引，續千觴、顛負尋常債。眉宇豁，倍軒塏。

金縷曲

疊韻再壽

意內歸言外。愛填詞、浮名盡棄，性情群怪。時散千金收縑素，不怨賈胡偷壞。旋過眼、雲煙若海。曾住郊園題春展，憶迴廊、小院湖居在。廊在否、折薪賣。豐標共說密顏改。愧平頭、纔齊六十，羞云老届。脂硯楝圖緣公識，紅學久懸芹拜。稱走卒、資譚係慨。欲斷語言談何易，且須還、文字如前債。能自壽，集因塏。

易、且須論、文字有前債。誰能自畫、棗因豈。

公識、江聲入夢六年。禪表來時、資禪緣深。彼此語言幾何

共說滄頭改。過平頭、論齒六十、詩心不老。居思東圖錄

春風、廣園廟、小院爐香在。廟在否、來年績。豐兼

緣素、不論賈古論價。新過眼、靈犀古海。曾在蘇園韻

意內語言外。愛填詞、浮名盡棄、并諸辭藻。若盡千金文

疊韻再壽

金縷曲

壽一盞、須高引。讀千編、頭肩皆當債。白首詩、各專韋詩。

興遍生涯宜在何。聽瀟瀟、浴堂淹時。恩見我、未深深感。今

年。連發會筵飲歎離改。八十春、語快明月、上元新屆。

周汝昌詩詞稿　詩　稿　四四

歌金縷。只今時、照讀明朝在。懷夜雨、杏花賣。

懷年書來。請再晤深轉瀟。曾留近、筆小研海。歸羽深頃

河漢渡樂外。燕交遊、燕憶韻事。在數人座。圖米否近

敬題　己丑十七年十月

賀汝昌叢書含十卷己丑上元八十壽辰杜黄祖垣先生

金縷曲

[illegible]

洋讀。更龍新語成圖。在否讀韻華篇。

器存古風。慕謝一盞一祝。

金縷曲

三疊原韻

能事尋常外。歎從來、才人行徑，百千堪怪。絶憶紅氍奇雙會，提調保童窘壞。昔年燕園籌演《販馬記》，缺小生保童，苦央余以充其選。余素習趙寵，而不樂爲配角也，堅卻之。提調朱君大窘，怏怏然以去。迨上演之日，披蟒腰玉揭簾，而坐者乃叢碧也，大出意外。此吾二人一段粉墨掌故，因詠及之。凝萬座、耳峰目海。一曲空城歌散澹，佐清弦、誰記琴師在。某夕燕大中文系開聯歡晚會，囑余操琴，余初不知誰爲歌者，所歌何曲也。既至會，則歌者叢碧，但言西皮慢板，及開口則《空城計》「我本是……」一段也。余識李佩卿路數，人疑吾與叢碧預習配奏，實則全非。如此語之，亦不信耳。觀父女，打魚賣。叢碧於燕園演出蕭恩，瀟灑不凡。余自幼專工月琴，欲爲陪奏。當事者不余知，吾國樂器余不能者，古琴瑟瑟箏管而已。交叢碧卅載，未嘗話是事也。銀輪有約圓無改。第一番、桂華流瓦，鬧春欣屆。朱鼓彩燈歡同沸，也勝一家人拜。還對酒、當歌慷慨。幾疊新詞排窄韻，似虧君、曾築宫商債。文筆繡，映湖塏。

采桑子

己未清明篤文詞兄招諸老遊大覺寺不克同往因賦小令 一九七九年己未

東方不與周郎便，雲抹微山。杏鬧遥帘。橋影河圖想像間。詞流慣解閒生事，句擾禪關。酒費春泉。多倩封姨爲落冠。倩，請。封姨，風神。

自度曲

自詠 一九八四年甲子

爲芹脂誓把奇冤雪。不期然，過了這許多時節。交了些高人巨眼，見了些魍魎蛇蝎。會了些高山流水，受了些明

華重現。看罷天香小院，來遊多福高軒。萍水舊夢寫新編。唱他千回百遍。

風入松

庚寅中秋前偶賦

也餐煙火也餐書，伏櫪志如初。偶因說夢真癡絶，被旁人、笑入迷途。手足曾稱二陸，家園自愧三蘇。年華暗换鳳城蕪，一面績溪胡。紅樓猶在朱顔改，證前緣、舊府新圖。俯仰一間陋室，交遊四海鴻儒。

圖書在版編目（CIP）數據

周汝昌詩詞稿 / 周汝昌著. — 北京：中華書局，2018.4
ISBN 978-7-101-13128-4

Ⅰ. 周… Ⅱ. 周… Ⅲ. 詩詞—作品集—中國—當代 Ⅳ. I227

中國版本圖書館CIP數據核字（2018）第 055503 號

周汝昌詩詞稿

著　者　周汝昌
編　者　周倫玲
責任編輯　李世文
裝幀設計　劉　麗
出版發行　中華書局
（北京市豐臺區太平橋西里三十八號　100073）
http://www.zhbc.com.cn
E-mail:zhbc@zhbc.com.cn
印　刷　杭州蕭山古籍印務有限公司
版　次　二〇一八年四月北京第一版
二〇一八年四月杭州第一次印刷
印　數　一千二百册
書　號　ISBN 978-7-101-13128-4
定　價　二百六十圓

ISBN 978-7-101-13128-4
9 787101 131284 >

圖書在版編目（CIP）數據

周汝昌詩詞稿 / 周汝昌著. —北京：中華書局，2018.4
ISBN 978-7-101-13128-4

Ⅰ.周… Ⅱ.周… Ⅲ.詩詞—作品集—中國—當代 Ⅳ.I227

中國版本圖書館CIP數據核字（2018）第055503號

周汝昌詩詞稿

著　　者　周汝昌
編　　者　周倫玲
責任編輯　李世文
裝幀設計　劉　麗
出版發行　中華書局
（北京市豐臺區太平橋西里三十八號　100073）
http://www.zhbc.com.cn
E-mail: zhbc@zhbc.com.cn
印　　刷　杭州富春印務有限公司
版　　次　二〇一八年四月北京第一版
印　　次　二〇一八年四月杭州第一次印刷
印　　數　一千二百冊
書　　號　ISBN 978-7-101-13128-4
定　　價　二百六十圓